AF596828

Sous ce prétexte hospitalier il l'attira dans sa Caverne ou il l'assassina

LA CAVERNE DES BRIGANDS; OU

Recueil des Assassinats, des Vols, des Brigandages, des Scélérats qui ont expié leurs crimes dans leurs Entreprises et sur l'Échafaud.

Apprends que j'adore Samba

A PARIS

Chez Locard et Davi Libraires [illegible]
Darne Libraire [illegible]

LA
CAVERNE
DES BRIGANDS.

NOUVELLE ÉDITION.

A PARIS,
CHEZ LOCARD ET DAVI, LIBRAIRES,
QUAI DES AUGUSTINS, N° 3.
1829.

IMPRIMERIE DE LACHEVARDIERE,
RUE DU COLOMBIER, N° 30, A PARIS.

LA

CAVERNE

DES BRIGANDS.

LE BRIGAND ANTHROPOPHAGE.

Blaise Ferrage Peyé, né dans le comté de Comminges, en 1557, était maçon de profession Quoique d'une petite taille, il était nerveux, et d'une force de corps extraordinaire. Cette vigueur physique était jointe au moral le plus atroce. Libertin par tempérament, dès sa première jeunesse, il poursuivait et prenait de force les femmes, comme un satyre. Ne pouvant satisfaire à volonté la brutalité de ses passions, sous les yeux des lois, protectrices des mœurs, il se bannit lui-même du commerce des hommes, à l'âge de vingt-deux ans, se retira dans les montagnes d'Aure, voisines de sa patrie, et s'y établit dans une caverne ouverte dans un rocher assez élevé; et c'est là qu'il résolut de subsister par la force et la cruauté. De sa caverne, à l'heure des ténèbres, il se répandait dans les campagnes d'alentour, enlevait les femmes et les filles qu'il pouvait rencontrer ou surprendre, poursuivait à coups de fusil celles qui fuyaient; et, lorsqu'il les avait blessées, il courait à sa proie, et ce monstre consommait son crime à l'instant même où ses victimes luttaient contre la mort. Les habitants des campagnes voisines ayant pris des précautions pour se garantir de ses vols, on assure que le défaut de subsistances le rendit anthropophage, et qu'il se nourrissait de la chair des personnes du sexe qu'il avait enlevées, dont il coupait d'abord le sein, arrachait les entrailles et le foie, qui étaient pour lui une nourriture exquise. Ce scélérat outrageait également l'enfance, la jeunesse et la vieillesse même. Pendant trois ans qu'il continua impunément ce genre de vie monstrueux, on fait montrer à plus de quatre-vingts le nombre des femmes et filles qu'il massacra et dévora ensuite.

Ce que la fable avait imaginé de Polyphême, il le réalisa dans son antre. On le voyait accroupi sur la cime des montagnes, dont la base était couverte de forêts, repaire des ours, des sangliers et des loups, attendant comme eux l'occasion et l'heure du carnage. Il menait la vie la plus dure, toujours environné de neiges, au milieu des bois et des rochers, bravant les injures de l'air comme les aiguillons du remords. Il ne marchait jamais qu'armé d'un fusil à deux coups, d'une ceinture de pistolets et d'une dague. Il avait répandu une telle terreur dans le pays par ses vols et ses assassinats, que la maréchaussée n'osait entreprendre de l'arrêter, quoiqu'il vînt quelquefois à Montrigean, ville voisine, pour acheter de la poudre et des balles. Il fut une seule fois arrêté, et trouva le secret de s'évader.

Il venait de commettre encore deux crimes connus et prouvés. Il soupçonnait un laboureur d'avoir voulu le faire arrêter. Pour se venger, il mit le feu à une grange qui renfermait ses bestiaux, et sa haine contempla l'incendie d'un œil satisfait.

Un malheureux Espagnol, marchand de mules, qui traversait le pied de ces montagnes pour venir en France faire des achats, rencontra ce guide fatal, qui l'accosta et s'offrit à le conduire sur les terres de France. Sous ce prétexte hospitalier, il l'attira dans sa caverne, où il l'assassina.

Cependant la terreur augmentait ous les jours. On ne parlait que de

Ferrage, et l'on cherchait les moyens de s'en délivrer. Les habitants du canton, épouvantés de ce voisinage, promettaient des récompenses à l'homme adroit qui saurait l'attirer dans les fers de la justice, car la force ne paraissait pas le moyen le plus sûr. On ne pouvait escalader le mont où était sa caverne, que par des sentiers très rudes et très étroits; il était toujours armé, toujours sur ses gardes, dans la crainte d'être surpris. Enfin la ruse fit ce que la force n'osait tenter.

Un particulier dont la conduite n'était pas sans reproche, pour faire oublier ses écarts et en obtenir le pardon, s'offrit à livrer ce scélérat. Il se retira dans les mêmes montagnes, et feignit d'y choisir comme lui sa retraite contre les poursuites de la justice. Ferrage le crut, et se lia avec lui sans défiance et sans soupçon. Enfin, par l'adresse de son nouveau compagnon, il fut trahi et découvert une nuit qu'il s'était

Avec un caractère comme celui de ce nègre, il était difficile que l'amour n'entrât pas dans son cœur, et que ce sentiment ne s'y développât avec une espèce de fureur. Il avait quinze ans, lorsque la première étincelle de ce feu dévorant vint l'embraser. Une jeune et très jolie négresse de l'habitation où il était esclave fut l'objet de son amour. Malheureusement il avait pour rival son maître, qui avait annoncé à la négresse ses prétentions sur elle. Celle ci, très embarrassée, pencha néanmoins pour son égal, et le maître fut rebuté.

Le maître, furieux de ce qu'on lui préférait un esclave, résolut de s'en venger. Ne trouvant aucun moyen de le punir, il en chercha le prétexte. Un jour, au milieu d'une plantation nouvelle de cannes de sucre dans laquelle Makandal travaillait, il lui ordonna de se coucher par terre, et de recevoir cinquante coups de fouet. Le nègre, révolté de l'injuste châtiment qu'on voulait lui faire subir, jeta au loin les instruments de son travail, et prit sa course vers les montagnes. Après s'être réuni aux nègres *marrons*, Makandal chercha à s'en faire respecter et à s'en faire craindre ; et, à l'aide de ses connaissances et de ses talents, il parvint facilement à ce but. Il avait sculpté avec beaucoup d'art, au bout d'un bâton d'oranger, une petite figure humaine, qui, lorsqu'on la touchait au-dessous de la tête, remuait les yeux et les lèvres, et paraissait s'animer. Il disait aux nègres que cette figure répondait à ses questions et rendait des oracles. Il passa pour prophète auprès de tous les nègres de la colonie, et d'autant plus facilement qu'il prédisait la mort d'un individu, et que cette mort arrivait le jour qu'il avait indiqué. La grande connaissance qu'il avait des simples lui fit découvrir à Saint-Domingue plusieurs plantes vénéneuses, et c'est avec ces poisons qu'il s'acquit un grand crédit. On l'adorait et l'on adorait sa fétiche (1).

Lorsque Makandal voulait faire périr quelqu'un, il chargeait un pacotilleur (2) de ses amis de présenter à cette personne un fruit ou un catalou, qu'il lui remettait, en lui déclarant la mort de celui qu'il lui indiquait. Le pacotilleur, au lieu de penser que Makandal eût empoisonné le fruit, tremblait au pouvoir de sa fétiche, et exécutait ponctuellement l'ordre du

(1) *Fétiche* est une divinité subalterne des peuples de Guinée. Chaque royaume, chaque province, chaque village, chaque nègre enfin a sa *fétiche*. Un arbre, un caillou, une dent, une corde, un morceau de fer, une branche d'épine, et des objets plus vils encore, obtiennent tout-à-coup un culte religieux, et sont placés avec respect, ou dans leurs maisons, ou sur des autels en plein air. Avaler quelque partie de sa fétiche est le serment le plus redoutable ; un nègre ne le viole jamais.

(2) Nègre qui va dans les habitation revendre les marchandises d'Europe.

prétendu prophète, sans oser en parler à personne ; la victime expirait, et tous les nègres étaient émerveillés de la prescience de Makandal.

Tous les esclaves de la colonie et tous les nègres libres accouraient à lui pour être guéris ou vengés. Malheur aux ennemis de ses amis ! Malheur surtout à ses rivaux, à ses maitresses rebelles ou infidèles ! aucune de ces personnes n'échappait à sa vengeance, à sa haine et à sa cruauté. Il ne commettait pas toujours ses crimes lui-même : deux nègres qui lui étaient dévoués, étaient les exécuteurs de ses volontés.

C'est dans les hautes montagnes que Makandal se retirait pendant le jour, et qu'il rassemblait avec les deux ministres de ses vengeances un grand nombre de nègres déserteurs. Ils avaient, sur le sommet presque inaccessible de ces montagnes, leurs femmes, leurs enfants, avec des plantations très bien cultivées. Quelquefois Makandal ordonnait à des bandes de nègres marrons de descendre dans la plaine, de ravager les habitations qu'il leur désignait, et d'exterminer ceux des nègres qui avaient désobéi au prophète.

Ce fut cependant un nègre qui trahit et livra ce monstre à la justice.

Zami, jeune esclave, âgé d'environ dix-huit ans, devint amoureux d'une jeune négresse du Congo, nommée Samba, qui ne tarda pas à partager la vive passion qu'elle avait fait naître. Les deux amants se donnèrent secrètement plusieurs rendez-vous. Leur bonheur durait depuis six mois, sans avoir éprouvé aucun désagrément, lorsque Samba s'aperçut qu'elle devenait mère. Elle fit part de cette découverte à Zami, qui en témoigna les transports de joie les plus vifs : il était encore dans le délire de l'enchantement, lorsqu'en rentrant dans sa case, il trouva Makandal qui le cherchait. Makandal ignorait l'amour et le bonheur de Zami; et voici le discours qu'il lui tint :

« Zami, tu connais la puissance terrible de ma fétiche... ; réjouis-toi donc d'avoir trouvé grâce devant elle, et mérite sa confiance. Rends-toi dans l'habitation que tu vois à trois lieues d'ici ; cherche la négresse Samba, qui jusqu'à présent a dédaigné les vœux de tous ses admirateurs, et qui, depuis une année, m'humilie moi-même par de constants refus. Demande-lui l'hospitalité ; dans l'instant qu'elle voudra manger, répands adroitement dans son calalou la poudre que voici. Elle doit donner la mort à Samba. »

En même temps il lui remit la poudre fatale enfermée dans un morceau de feuille de bananier.

Zami, frappé de ces paroles comme d'un coup de foudre, se jeta aux pieds de Makandal, et lui dit en versant un torrent de larmes :

« O Makandal ! dois-tu exiger que »je sacrifie à ta vengeance la beauté »la plus parfaite, l'âme la plus pure »dont nos climats puissent s'honorer ? »*Apprends que j'adore Samba*, que »j'en suis tendrement aimé, et que »son amour va bientôt faire donner le »titre de père à l'infortuné Zami. »

En parlant ainsi, il embrassait les genoux de Makandal. *Ce nègre féroce*, furieux de trouver un rival préféré, *tirait déjà son coutelas, et allait immoler le pauvre Zami*, lorsqu'il entendit la voix du commandeur, qui appelait les esclaves au travail : il n'eut que le temps de fuir, mais il laissa dans les mains du jeune nègre la poudre empoisonnée.

Dès que le travail eut cessé, Zami franchit l'intervalle qui le séparait du lieu du rendez-vous. Samba n'y était pas. Il l'attendit au bosquet d'orangers. Voyant que l'heure du rendez-vous était passée, de noirs pressentiments le tourmentèrent : il vola vers la demeure de sa bien-aimée.

Qu'on se figure l'effroi, la douleur, le désespoir du malheureux Zami, lorsqu'en approchant de la case de son amante, il entendit les gémissements de plusieurs négresses. Il entre en tremblant ; il voit Samba étendue sur une natte et luttant contre la mort : il se précipite sur elle ; Samba l'entend, tourne vers lui ses yeux éteints, et expire en prononçant le nom de Zami. Cet amant désespéré tombe sans connaissance à côté de l'objet de son amour. Revenu à lui, il questionne les négresses sur la mort subite de sa maîtresse. Il apprend qu'une négresse marchande était venue à l'habitation, et avait dîné avec Samba. Il voit d'où part ce coup fatal, et jure d'en punir l'auteur. A peine fait-il jour qu'il court à la ville, raconte tout ce qu'il savait du projet infernal de Makandal, remet la poudre, qu'un chimiste français décomposa et reconnut pour un poison très violent. On frémit du péril qui menaçait la colonie entière. Sur-le-champ on mit toutes les maréchaussées en campagne pour se saisir de Makandal. Toutes leurs recherches furent infructueuses, et l'on désespérait de réussir lorsque Zami s'offrit pour l'arrêter.

Il ne s'arma que d'une massue de bois de goyavier; et il alla se mettre en embuscade dans un défilé de la montagne sur laquelle Makandal se retirait. Il l'attendit inutilement pendant cinq jours; enfin le sixième, avant que l'aube du jour parût, il l'entendit marcher avec deux nègres marrons; Zami fond sur eux, et assomme les deux nègres. Makandal tire son coutelas pour frapper Zami; celui-ci le prévient: d'un coup de massue il lui fait tomber l'arme de la main, et le terrasse lui-même. Sans lui donner le temps de se reconnaître, il lui attache les bras derrière le dos, et le conduit au Cap.

L'instruction du procès fit découvrir que les projets de Makandal étaient de détruire sourdement, par le poison, les maîtres des plantations, ou de les ruiner en faisant périr tous les esclaves qui leur paraissaient attachés, et enfin d'exterminer la race des blancs par un massacre général, qui le rendrait le souverain de toute l'île.

Ce monstre ne voulut faire aucun aveu, et il conserva jusque dans les flammes son audace et son fanatisme. Lorsqu'on lui lut l'arrêt qui le condamnait à être brûlé vif, il annonça fièrement que son corps serait respecté par le feu; qu'au lieu de mourir, il allait changer de forme, et qu'il resterait toujours dans l'île, ou en maringouin, ou en oiseau, ou en serpent, pour veiller sur sa nation. Les nègres ignorants qui l'entendirent, furent persuadés que sa fétiche le sauverait. Une circonstance singulière parut même un instant favoriser sa prédiction.

On avait planté dans la terre un poteau autour duquel on dressa le bûcher de Makandal. On l'attacha avec un carcan à ce poteau. Les efforts qu'il fit, lorsqu'on mit le feu au bûcher, furent si violents, qu'il arracha le poteau, et qu'il marcha dix à douze pas au milieu de la foule ébahie. Tous les nègres criaient au miracle ; mais un soldat qui était à côté lui prouva d'un coup de sabre qu'il était plus puissant que lui, et on le rejeta dans le bûcher.

LE BRIGAND DE LA BIBLE.

Parmi les brigands, dits *garrotteurs*

ou *chauffeurs*, qui désolèrent les deux rives du Rhin pendant les dernières années de la révolution, on remarque un nommé CARL BENZEL, affidé du fameux *Schinder-Hannes*.

Ce *Carl Benzel* appartenait à une famille honnête; son éducation avait été soignée. Le jeu l'entraîna dans des sociétés dangereuses. Devenu amoureux d'une jeune personne, nommée Ida, qui avait été élevée dans les principes de la vertu, il parvint à toucher son cœur. Celle-ci essaya de faire rougir Carl de son inconduite et de sa fureur pour le jeu, et triompha momentanément de ses inclinations vicieuses, en le forçant de renoncer à la société des faux amis qui corrompaient sa jeunesse. Tel était l'ascendant de cette vierge pure sur un homme livré au désordre d'une jeunesse inconsidérée, qu'il avouait qu'*il tremblait devant cette jeune fille plus qu'il n'aurait tremblé devant l'ange de Dieu.*

Ida ayant cru Carl revenu pour toujours aux sentiments d'honneur qui n'auraient jamais dû l'abandonner, lui permit de s'adresser aux auteurs de ses jours pour obtenir sa main. Ceux-ci, moins confiants qu'une jeune fille sans expérience, refusèrent durement Benzel, qui d'ailleurs était sans fortune; ils prirent le parti de soustraire Ida à sa vue et à ses recherches, et laissèrent cet infortuné livré au désespoir. Peut-être Ida l'eût-elle entièrement ramené dans le chemin de l'honneur et de la vertu.

Abandonné du seul objet qui pouvait lui faire aimer la vie, Carl Benzel tombe dans la plus noire mélancolie; il s'enferme chez lui avec une Bible, et se livre uniquement à sa lecture. Ce qu'il y a de singulier dans la conduite de cet individu, c'est que le désœuvrement et le désespoir l'ayant porté à se lier avec Schinder-Hannes et à faire partie de sa bande, il continua à faire de ce livre sacré son unique étude : c'était la Bible en poche qu'il concourait à commettre des vols, des assassinats; et, quand le meurtre était consommé, on le retrouvait la Bible en main. Ce n'était point cependant un hypocrite. Ses inclinations n'étaient point perverses; il fut entraîné au crime par une espèce de fatalité. Assidu aux exercices de la religion, on le vit s'exposer à être arrêté pour ne pas manquer d'assister à la messe et de communier. Il n'avait besoin ni d'en imposer par l'extérieur de la piété, ni de tromper personne; il agissait d'après sa propre conviction.

Ce misérable périt sur l'échafaud le 24 février 1802, en témoignant le repentir le plus sincère de ses crimes.

DAMIEN HESSEL.

Dans les dix dernières années du dix-huitième siècle, et les dix premières du dix-neuvième, de nombreuses troupes d'assassins et de brigands inondèrent les Pays-Bas, le Haut et le Bas-Rhin. Ces bandes avaient à leur tête des chefs déterminés, dont le courage égalait la scélératesse. Parmi ces derniers, on remarque Damien Hessel.

Né à Paderborn, le 3 mai 1774, d'un fabricant de tabac, Hessel fut d'abord destiné au parti de l'église; il fréquenta les basses classes, et conserva quelques réminiscences de latin et de grec: de là ses sobriquets de *bacherlé* et *d'écolier*.

Une étourderie de jeune homme, étant au gymnase de Paderborn, le détermina à abandonner le toit paternel, et à sortir de la ville pour se dérober à la punition qu'il attendait.

Ayant fait connaissance avec un de ces mendiants soi-disant incendiés, il parcourut avec lui les Pays-Bas, et s'engagea ensuite dans le régiment de Wittgenstein, qu'il accompagna à Marienborn. La vie militaire ne lui plaisant pas infiniment, il écrivit à sa mère pour lui faire part de l'intention qu'il avait de quitter le service, et celle-ci se mit en mouvement pour lui procurer son congé. Elle s'adressa dans cette vue à un cousin qui demeurait à Hanau, et qui décida que la désertion était le plus court chemin pour arriver à son but. Hessel s'enfuit donc à Hanau, auprès de ce cousin qui ne put lui procurer un habit; en conséquence, l'uniforme que portait Hessel fut transformé en un frac de petit-maître.

Le cousin qui était loin d'être dans

l'aisance, ayant profité des premiers vols de son jeune parent, l'encouragea à ne pas oublier l'heureux talent qu'il possédait pour mendier sur de faux certificats ; il lui donna même plusieurs adresses pour Francfort, dont notre héros rapporta chez lui le fruit de ses aumônes et de ses vols.

Ce cousin avait une fille de vingt ans, nommée Caroline, pour laquelle Hessel se prit d'une belle passion. Cette demoiselle avait le goût de la parure; et, comme en général on était fort brouillé dans la maison avec l'argent comptant, Hessel fit plusieurs tours d'étudiant pour l'amour de sa charmante cousine.

Dans une de ses excursions à Mayence, il trouva moyen, en servant la messe à la cathédrale, de dérober un petit calice; mais, ayant été surpris par le marguillier, on l'arrêta, et il fut transporté à la tour de la Porte-au-Bois, dans le même cachot d'où il sortit depuis pour aller à l'échafaud. C'était sa première arrestation ; et lorsque, en décembre 1809, la police de Francfort l'eut livré à celle de Mayence, il s'écria d'un ton prophétique, à son entrée dans cette même tour : « Voici mon *alpha* et mon *oméga*. »

Caroline n'abandonna pas son amant dans l'infortune, et parvint, à force de sollicitations, à obtenir sa mise en liberté.

A sa sortie de Mayence, Hessel ne songea plus qu'aux moyens de dédommager sa cousine de ses frais de voyage par quelques nouvelles filouteries.

A Francfort, il servit la messe chez les capucins, et leur déroba deux calices et deux petits vases.

En janvier 1793, il se fit enfermer un matin dans l'église des carmes ; et, pendant que les bons pères étaient à table, il s'échappa au travers du cloître, en emportant un crucifix d'argent

Quelques jours après il escamota la montre d'un vieux marquis qui demeurait à Hanau ; la montre fut donnée à Caroline, et le produit des vases sacrés dépensé au bal et au spectacle.

Dès lors les vues d'Hessel commencèrent à s'agrandir ; il entreprit des courses jusqu'à Dusseldorf, où, en mendiant sous mille formes différentes, il rassembla jusqu'à vingt-cinq louis.

A Ketwig, sur la Roër, il s'associa à un maquignon ; et, pendant que cet homme faisait sa sieste, il lui enleva cent louis sur trois cents qu'il portait dans sa ceinture, et de suite se rendit en poste, par Cologne, Coblentz et Francfort, à Hanau, auprès de ses honnêtes parents, chez qui l'argent frais fut, comme de coutume, dissipé en parties de plaisir.

C'est à peu près vers ce temps qu'Hessel se mêla parmi le peuple et les soldats qui dépouillèrent les maisons des clubistes à Mayence, et qu'il enleva ensuite à un courrier autrichien, qu'il rencontra sur la route d'Aschaffenbourg, la moitié de son argent comptant.

Dans une tentative qu'il fit pour piller le comptoir d'un aubergiste de Hanau, il fut arrêté. La seconde nuit de sa détention, il s'évada au travers des latrines. Il était déjà minuit passé; il ne perdit pas une minute, et se rendit en hâte à Francfort: Caroline vint l'y voir. En la quittant, il prit le chemin de Mayence: en se promenant dans la grande rue de cette ville, il fut accosté par un officier prussien, qu'il avait eu occasion de rencontrer à Hanau, une fois ou deux, dans des parties de plaisir. On renouvela connaissance; mais en passant devant un corps-de-garde, l'officier fit saisir Hessel comme un mauvais sujet et un voleur échappé de Hanau. Le lendemain, il fut ramené dans la prison de cette ville, dont, au bout de quatre semaines, il s'évada assez adroitement.

Ayant entrepris un nouveau voyage dans les Pays-Bas, il y vécut d'abord du métier de faux quêteur. Dans la suite il fit la connaissance de deux fameux filous, et, dès lors, il fut entraîné dans le torrent de ce qu'il nommait les grandes affaires.

Depuis cette époque, la vie de ce scélérat n'est qu'un enchaînement de monstruosités, d'assassinats, de brigandages, de filouteries, de débauches crapuleuses; d'arrestations et d'escapades, dont l'énumération et le développement rempliraient plusieurs volumes.

Arrêté à Francfort, sur l'indication d'un de ses camarades, et désigné comme un des auteurs de la tentative de vol commise à la poste de Mayence, et d'un vol effectué à Frankental, il parut devant la cour de justice de

Mayence, qui, après une instruction qui remplit plusieurs séances, le condamna à mort, le 29 septembre 1810, avec deux autres chefs de bandes.

STREITMATTER,

OU

LES SUITES FUNESTES

DE LA MAGIE BLANCHE.

François-Joseph Streitmatter, plus connu sous les noms de *Frey*, *Schweizer Muller*, *Boebicher Muller*, enfin *Weiller*, dut le jour à un riche meunier de Boébikon, arrondissement de Zurzach, canton d'Arau en Suisse, et se maria, à l'âge de seize ans, à une jeune Suisse aussi belle qu'aimable. Les premiers mois de ce mariage furent une suite non interrompue de jours heureux.

Un livre soigneusement fermé par des sceaux mystérieux, que ce jeune homme trouva chez lui, fut la première source de tous ses malheurs. Il ouvrit cette espèce de boîte de Pandore, et il lui, en un style barbare, entremêlé de latin, une méthode complète pour évoquer les esprits, déterrer les trésors, faire de l'or, préparer la panacée universelle, pénétrer dans les mystères du ciel et de l'enfer, apprendre enfin les magies blanche et noire.

Élevé dans le sein de la superstition, et convaincu de l'existence des esprits, des sorciers et des enchanteurs, il fut séduit par l'idée de se rendre maître des génies et des trésors, en étudiant la magie blanche. Les charmes mêmes de sa jeune épouse ne purent l'arracher à cette ténébreuse étude.

L'observation des astres à l'heure de minuit, des prières mystérieuses au premier coup de la cloche qui annonçait cette heure, une réserve silencieuse à l'égard de tout le monde, une sévère privation de tous les plaisirs de l'amour, telles étaient les conditions principales et exclusives pour pénétrer dans l'empire des génies. Sreitmatter, dans son exaltation, remplit exactement toutes ces conditions; il renonça à tous les plaisirs, négligea ses affaires, et encore plus sa jeune épouse, qui, de son côté, attribua le silence et la froideur de son mari, et surtout ses sorties nocturnes, à un motif plus outrageant pour elle qu'il ne l'était effectivement.

Streitmatter fut encore fortifié dans sa crédulité et son exaltation, par un voisin dont le cerveau ne valait pas mieux que le sien, et qui l'assista dans ses veilles cabalistiques. Son épouse alors chercha des conseils et des consolations auprès du moine, auteur de leur mariage, dont elle attendait le retour de la paix domestique.

Soit faiblesse d'esprit, soit plutôt méchanceté réfléchie de la part du moine, au lieu de rechercher sagement la source du mal, il déclara : « Que la cabale et les gens malintentionnés étaient cause de tout le désordre, et que le lit conjugal se trouvant ensorcelé, il avait besoin d'être exorcisé ; qu'il s'offrait à venir, lorsque son mari recommencerait ses courses nocturnes, pour tâcher d'arrêter, par ses saintes prières, les effets de la magie et des mauvais génies. »

Dès ce moment, le pire des démons, Asmodée, s'empara du paisible toit. Le moine effectivement bénit la couche nuptiale ; mais sa prière se changea en malédiction pour les malheureux jeunes gens.

C'est dans cette conjoncture critique que Streitmatter ne trouvant plus chez lui ni repos ni plaisir, fut les chercher au cabaret, et que d'un autre côté sa femme, mécontente de cette conduite, garda les clefs de la cassette, et commença à contrôler ses dépenses ; alors un juif d'Elmingen vint au secours du malheureux époux, et lui fit des avances de cinquante et cent florins, contre quittance double de la somme prêtée. Enfin les deux époux ne tardèrent pas à se séparer.

Le désordre dans les finances de la maison, l'épouse de Streitmatter voulut sauver son bien et celui de ses enfants. Le juif, qui avait prêté de l'argent à son mari, devint le plus impatient et le plus impitoyable des créanciers. Il mit en œuvre toutes les rubriques de la chicane, et parvint en fort peu de temps à ruiner entièrement Streitmatter, et à le réduire à la plus profonde misère.

En proie au désespoir et à la rage, Streitmatter abandonna sa maison, et se crut désormais autorisé à reprendre sur autrui ce qui lui avait été injustement enlevé. Il devint espion; et, comme on ne lui tint pas certaines promesses contractées avant l'exécution d'une entreprise hasardée, il se fit voleur et brigand.

Arrêté pour la première fois à Zurzach, il força son cachot; retenu ensuite à Schaffhouse, il s'échappa de la manière la plus hardie et la plus adroite: arrêté de nouveau par la suite, il reçut un léger coup de feu du bailli de Hanenstein, fut transporté à Arau, où il s'évada de la plus forte prison avec une audace incroyable. Les vols, les sacriléges, les attaques nocturnes dans les moulins et les fermes, se multiplièrent de jour en jour; et son nom devint la terreur de toute la contrée. Personne ne lui était comparable pour l'adresse, la ruse et la présence d'esprit. Point de serrures assez solides pour lui, point de boutiques assez bien gardées. Il s'échappa de plus de douze des plus fortes prisons d'une manière aussi hardie qu'ingénieuse.

A Longwy, dans la nuit du 19 au 20 décembre 1803, il escalada avec ses camarades, au moyen d'échelles et de pieux attachés ensemble, les remparts de la ville à dix pas d'une sentinelle.

Streitmatter, toujours le plus actif de sa bande, pendant l'exécution d'une entreprise, abandonnait à ses camarades le soin d'empaqueter et de transporter le butin. Aimant à jouir du présent, il dissipait l'or, acquis au prix de tant de dangers, dans les tripots, les maisons de plaisir ou les cabarets.

Après sa fuite d'Aran, blessé, et n'ayant pour toute provision qu'un petit morceau de pain et quelques mûres sauvages, il erra pendant trois jours à l'aventure, dans un batelet, sur une petite rivière remplie d'écueils.

Emprisonné à Genève avec quelques autres brigands, il obtint de quelques juifs de Carouge vingt-cinq pièces d'or, ainsi que des limes et des ressorts de montre qu'aucune recherche ne put leur enlever. Enfermés dans une grotte pendant leur transport à Lyon, ils s'étaient déjà débarrassés de leurs fers, et commençaient à forcer leur prison, lorsqu'ils furent découverts et arrêtés. On leur ôta une partie de leur or et de leurs instruments ; mais le plus important ou le plus nécessaire resta caché dans leur fondement.

Deux fois ce brigand eut dessein d'abandonner son genre de vie, et chaque fois un malheureux incident l'y engagea de nouveau. La première fois, un Bohémien lui coupa sa ceinture, et la lui enleva avec cent louis qu'elle renfermait ; la seconde fois, en France, où il avait résolu de s'établir dans une fabrique, son mauvais génie le conduisit sur sa route dans une auberge où un ouragan le força de s'arrêter. Là il trouva le chef de bande *Muller* avec sa concubine, lesquels lui gagnèrent son argent au jeu, et, après l'avoir enivré, l'engagèrent à un nouveau vol.

On employait en vain contre Streitmatter les artifices les plus ingénieux pour se saisir de lui; il échappait à toutes les recherches, à toutes les ruses et à tous les piéges qu'on lui tendait; et si on parvenait à l'arrêter ou à l'enfermer dans un cachot, il était rare qu'il ne rompît pas ses fers, en surmontant les plus grands obstacles. Un jour, il s'abandonna, avec la plus grande témérité, d'une hauteur de cent pieds, à une corde faite de morceaux de couverture, et ne quitta son entreprise que lorsqu'il entendit siffler à ses oreilles les balles de la garde qui était accourue. Découvert et arrêté, il s'assit tranquillement sur une pierre, en disant : *C'est ajourné.*

Cependant, plein de dépit et de colère de ne pouvoir sortir de sa misérable prison, tandis qu'il s'était évadé des plus forts cachots de la France et de la Suisse, il se crut perdu tout de bon, et commença à confesser quelques faits contre lui-même; il était persuadé qu'il fallait absolument séquestrer du monde un homme aussi dangereux que lui. Mais il s'écriait toujours avec l'accent de la vérité : « Mes mains jamais » n'ont versé de sang; si j'entendais un » enfant pleurer, ou un petit chien jap- » per, j'abandonnais de suite les plus bel- » les entreprises, parceque j'entrevoyais » la possibilité de me trouver, par une » résistance imprévue, forcé, malgré » moi, à sacrifier un homme. Il doit » sembler étrange d'entendre un vo- » leur de profession parler de moralité; » mais, croyez-moi, ajoutait-il, j'ai » aussi la mienne, et c'est du moins un » sentiment bien rassurant pour moi, » que la certitude de n'avoir jamais » commis de violence, et peut-être » même d'en avoir empêché un grand » nombre. »

Ce fut devant la cour de justice de Mayence que Streitmatter parut, et qu'il fut condamné, le 29 septembre 1810, à la peine de mort.

SCHINDER-HANNES.

Jean Buckler, dit *Schinder-Hannes* (1), né, en 1779, à Naastæten, bourg situé entre Nassau-Usingen et Weilbourg, d'un simple journalier de la rive gauche du Rhin, manifesta dès son enfance les inclinations les plus vicieuses. A l'âge de dix-sept ans, il fut arrêté pour plusieurs vols, et mis dans les fers. Mais il ne tarda pas à les briser, et s'échappa par-dessus les toits. Il alla trouver *Fink*, surnommé *la Tête-Rouge*, qui faisait partie d'une

(1) Surnom qui, en style vulgaire, signifie *Jean-l'Écorcheur*.

association de brigands qui cachaient leurs opérations criminelles à l'ombre d'un prétendu commerce de chevaux. Jeune, ardent et robuste, il fut reçu avec joie dans cette bande, qui comptait au nombre de ses membres les voleurs les plus redoutables et les plus redoutés.

De nouveau surpris dans le moulin de Weiden, Schinder-Hannes fut traduit devant le juge de paix d'Oberstein qui le fit transférer à Saarbruck, auprès du directeur du jury; mais il sut encore une fois se soustraire à la juste vengeance de la loi, et rejoignit la bande du cannibale *Peter-Petri*, connu sous le nom de *Pierre-le-Noir*.

Buzlise-Anne, seconde maîtresse de Schinder-Hannes, fut convoitée par un brigand nommé Planchen-Klof, qui, n'osant s'attaquer à l'amant favorisé, résolut de l'arracher à son asile. Celle-ci se sauve; Planchen-Klof, furieux de voir sa victime échapper, enfonce les armoires, s'empare des effets et des bijoux de Buzlise-Anne, et disparait. Schinder-Hannes, informé du procédé du brigand, vole sur les traces de son rival, l'atteint dans une ferme, lui plonge un couteau dans le sein, et, le saisissant à bras le corps, le jette dans un brasier ardent où il expira.

Chaque jour était marqué par des vols et des assassinats. Ayant été saisi et traduit devant le juge de paix de Kirn, Schinder-Hannes fut plongé dans un cachot souterrain et voûté, à vingt pieds de profondeur, dans une vieille tour élevée à l'extrémité de la ville de Simmern. On y descendait par une seule ouverture, et à l'aide d'une corde. Il ne désespère pas de s'en échapper. En effet, un prisonnier placé au-dessus de lui le retira du souterrain pendant la nuit, à l'aide d'une corde tressée avec de la paille; des préparatifs avaient été faits dans le jour, pour se frayer une ouverture. Schinder-Hannes rejoint sa bande, et, peu satisfait du commerce des chevaux, il propose à ses associés d'aller exercer leurs talents sur les grands chemins, espèce de trafic qui, suivant lui, était le plus commode et le plus lucratif, *attendu qu'on ne commerçait qu'argent comptant.*

Surpris à la ferme d'Eigen, canton de Kirn, par un gendarme qui lui saute à la gorge, et le somme de le suivre, il est secouru par un de ses affidés, qu'il laisse aux prises avec le gendarme, saute par la fenêtre et prend la fuite. Arrivé à Fulzbac avec sa maîtresse, qui avait trouvé moyen de le rejoindre, il prend le parti de repasser sur la rive droite du Rhin : il y fait une nouvelle maîtresse ; mais bientôt il l'abandonne pour rentrer sur le territoire français. Il voit à Veiberbach une jeune et jolie fille, nommée Julie Blasius, d'une humeur enjouée, qui avait de la voix et qui jouait très bien du violon. Cette jeune fille le captive au point de lui faire oublier toutes les femmes qu'il avait aimées. Il la conduit sur la rive droite du Rhin et l'épouse. Il lui resta constamment fidèle jusqu'à la fin de sa carrière.

Cette nouvelle Psyché l'enflamma tellement qu'elle le rendit poète. Il composa en son honneur une chanson qu'on chantait ordinairement dans toutes les fêtes de village du Hundsruck. Il n'était point étonnant qu'on eût adopté cette production de Schinder-Hannes, lorsqu'on saura que les jeunes gens de plusieurs villages se rendaient à la ferme qui servait d'asile à ce brigand, pour y jouer aux cartes et boire avec lui. Il osa même donner un bal, et y invita les plus jolies filles des environs. Elles dansèrent gaiement avec les bandits, qui les régalèrent splendidement.

Forcé d'aller chercher un refuge sur la rive droite du Rhin, il ne put échapper au sort qui tôt ou tard atteint les scélérats. Il fut arrêté le 31 mai 1802, à un quart de lieue de Wolfenhausen. Il est enchaîné, conduit à Wisbaden, ensuite à Francfort, et enfin livré aux gendarmes français, qui le transfèrent à Mayence. La belle Julie et le fameux Fetzer, l'un de ses affidés, étaient ses compagnons de route.

Arrivé à Mayence le 16 juin 1802, Schinder-Hannes comparut le 24 octobre 1803, avec soixante-quatre accusés, parmi lesquels étaient son père et Julie son épouse, devant le tribunal spécial de Mont-Tonnerre.

Nous n'entrerons point dans le détail des crimes de ce brigand; nous nous bornerons à dire qu'il fut accusé de cinquante-trois délits spécifiés.

Dès la première audition des témoins, il témoigna qu'il était encore susceptible d'une espèce de sensibilité et de délicatesse. Son père était accusé d'avoir accepté de lui une montre d'argent provenant d'un de ses vols, et Julie

Blasius d'avoir coopéré en habits d'homme au délit commis à Weyerbach chez le juif Sender-Isaac. Schinder-Hannes, qui avait avoué le premier fait dans un de ses interrogatoires, se rétracta à l'audience publique. Quant à la belle Julie, il nia hardiment qu'elle l'eût accompagné dans son expédition chez Sender-Isaac ; il affirma que c'était un autre voleur guillotiné à Trèves. Julie protesta de son innocence avec tant de force, que le juif lui-même retira sa dénonciation.

Le vif intérêt que fit paraître Schinder-Hannes pour son père et sa maîtresse, pendant les débats, lui avait concilié la pitié, et pour ainsi dire l'affection d'un grand nombre d'individus. Les femmes, particulièrement, affectèrent de relever tout ce qui était à la décharge d'un chef de voleurs âgé de vingt-quatre ans et doué d'une taille et d'une figure avantageuses.

Lorsqu'il vit approcher l'heure du

jugement, il répéta fréquemment en montrant sa Julie : « Cette fille est in-» nocente, c'est moi qui l'ai séduite. » On lui apporta son enfant, avec lequel il joua assez gaiement.

Enfin son jugement fut prononcé; il portait peine de mort contre lui et dix-neuf de ses principaux complices. Il fut exécuté le 21 novembre 1803.

RINALDO RINALDINI,

OU

LE BRIGAND SICILIEN.

Rinaldo Rinaldini, né en Calabre ou en Sicile, était le plus jeune de six enfants d'un pâtre qui avait son habitation dans les montagnes de l'une de ces contrées. Dès l'âge de huit ans, ses parents l'envoyèrent garder leurs troupeaux. Quand il fut plus grand, cette vie l'ennuya. Il désirait avec ardeur de pouvoir s'instruire, et il sentait un vif désir d'être un jour plus que ses frères et sœurs. Dans une des montagnes qu'il parcourait vivait un ermite nommé Onario, homme très instruit, et qui avait vécu long-temps dans le monde.

Notre jeune pâtre fut trouver ce solitaire, et lui témoigna le désir qu'il avait de sortir de son ignorance. Le vieillard, qui vit en lui des dispositions heureuses, se fit un plaisir d'être son instituteur; il lui enseigna d'abord à lire et à écrire, puis il lui donna des leçons de morale, d'histoire et de géographie. Il lui prêtait des livres que le jeune homme lisait avec avidité; c'étaient les ouvrages de Plutarque, Tite-Live, Quinte-Curce, et des romans de chevalerie. Toutes ces lectures échauffaient, exaltaient la tête de Rinaldo, principalement celles des livres des chevaliers de la table ronde. Il aurait tout sacrifié pour ressembler à un seul des héros qu'on y peignait.

Il avait dix-sept ans, lorsque Onario disparut inopinément, en laissant à l'ermitage un papier dans lequel il faisait à Rinaldo une donation de tout ce qu'il possédait. Le jeune homme vendit tout jusqu'aux livres, quitta ses troupeaux, ses montagnes, et se fit soldat. Il voulut réaliser les chimères qui lui étaient passées par la tête; les histoires des héros l'avaient enthousiasmé, il voulut en devenir un. En ayant reconnu l'impossibilité, il déserta, passa au service de la république de Venise, croyant pouvoir mieux réussir dans ce pays; se voyant encore détrompé, il déserta de nouveau pour servir dans les troupes du roi de Sardaigne. On était en guerre avec une puissance voisine, et il se distingua dans plusieurs actions, par son intrépidité; un général le remarqua, et s'intéressa à son avancement. Rinaldo parvint au grade de porte-drapeau, après avoir passé par tous les autres. Son colonel, homme fort dur, le maltraita un jour pour une faute légère. Né violent, il ne put supporter cet outrage, tira son épée, et força son chef à se défendre. Avant qu'on eût pu les séparer, il avait tué son homme. Il prit la fuite; il erra long-temps dans l'Italie, sans savoir quel parti prendre. Dans un de ses voyages, il fut attaqué par des bandits; il succomba, après s'être défendu comme un lion. Sa bravoure lui gagna l'estime de ceux qui l'avaient attaqué. Ils l'emportèrent et prirent soin de lui. Quand il fut guéri, il prit parti avec eux, devint bientôt leur chef, et les organisa en corps d'autant plus redoutable, qu'il était intrépide et bien discipliné.

Rinaldo, dont la tête avait été mise à prix par les républiques de Lucques, Venise et Gênes, rassembla sa troupe, et lui dit :

« Mes amis, mon plan est d'abandonner les montagnes d'Albonigo; » partons sur l'heure; ce soir vous camperez dans le vallon où est située la » chapelle de San Giacomo : demain, à » midi, vous serez rendus dans la plaine » qui se trouve au centre des quatre » montagnes de la Cera. Si mon projet » n'est pas déconcerté, nous avons un » plan hardi à exécuter. »

On se prépara au départ. Girolamo se mit à la tête de l'avant-garde, Altaverde suivit avec le gros du corps, et Cinthio conduisit l'arrière-garde. Quant à Rinaldo, ayant pris sa guitare et son fusil, il se dirigea vers un autre chemin. Après avoir marché quelques heures, il rencontre un vieillard nommé Donato, chez lequel il soupe, et qui lui donne un asile pour la nuit. Sur les deux heures du matin, des brigands frappent à la porte de l'ermitage : on leur ouvre; Rinaldo reconnaît que ce sont de ses gens; ils restent atterrés en sa présence. Il fait feu sur l'un d'eux, et lui casse l'épaule. « Rejoignez vos » compagnons, dit-il aux autres ; de- » main vous me verrez, et vous rece- » vrez votre punition. »

Dès le grand matin, Rinaldo sortit pour prendre l'air ; il rencontra Aurélia, qui habitait la ferme voisine, et qui venait quelquefois visiter Donato. Il lia conversation avec elle, et lui déclarait son amour, lorsque Cinthio, s'approchant, lui annonça qu'il y avait de la rumeur parmi ses gens. Il arrive, après une heure de marche, à l'endroit où ils étaient campés ; et, après avoir rétabli la subordination parmi eux, et donné de nouveaux ordres pour une expédition, il retourne à l'ermitage, où Donato lui apprend qu'Aurélia est au couvent.

Vers la nuit, il rassembla sa troupe; le lendemain, à l'aurore, il fut réveillé, ainsi que ses gens, par une vive fusillade ; ils coururent aux armes, et virent bientôt leurs avant-postes se replier sur eux. — Nous sommes entourés par la milice toscane. — Entourés ! s'écria Rinaldo, eh bien ! il faut combattre ; sonnez du cor pour rassembler les piquets détachés........ La troupe réunie formait quarante-neuf hommes ; le combat s'engage avec le gros du corps de milices, l'affaire devint terrible ; Rinaldo, en se battant comme un lion, voit trois des siens tués à ses côtés ; Sévéro, un de ses capitaines, avec douze de ses gens, sont séparés de leurs camarades dans la mêlée, et tombent percés de coups. Rinaldo fait des efforts prodigieux, parvient à se faire jour, et gagne la frontière, seul et séparé de ses compagnons. Accablé de fatigues, il s'enfonce dans la forêt voisine, rencontre une source où il se désaltère, et un paysan qui lui vend du fromage et des saucisses qu'il portait à la ville, et dont il fit un repas dont il avait le plus grand besoin.

En sortant de la forêt, il accoste une troupe de Bohémiens, qui lui vendirent une jeune fille, nommée Rosalie, qui consentit à le suivre. Après avoir marché quelques heures avec elle, il vit arriver à sa rencontre quelques uns de ses affidés, qui étaient parvenus à échapper aux milices. Il leur fit part du dessein qu'il avait de se rendre à Florence, pour savoir si le bruit de sa mort s'y confirmait, et connaitre le sort de ses camarades. Ayant laissé le commandement à Altaverde, pendant son absence, il monta à cheval. Rosalie le suivit, vêtue en homme et montée sur un mulet.

Il tourna ses pas vers Ariolo, prit sa route à travers les montagnes, et se rendit à l'ermitage de Donato, avec lequel il renouvela connaissance. Il lui demanda des nouvelles d'*Aurélia* : l'ermite lui apprit qu'il était son oncle ; que sa nièce était avec son père, le prince della Rocella.

Le lendemain, après avoir fait ses adieux au vieillard, il alla chercher la place où il avait caché son or, et le retrouva fort heureusement. La charge des trésors qu'il avait déterrés étant devenue trop pesante, il acheta à Carsina une voiture, et voyagea ainsi sous le nom de comte d'Albrogo.

Une rencontre qu'il fit à Césina, et à laquelle il ne s'attendait guère, le força, pour sa sûreté, à prendre une autre route, et à s'éloigner de Venise, où il avait dessein d'aller. Il vendit ses mules et sa voiture, renvoya quelques uns de ses affidés, enfouit de nouveau ses trésors, et marcha droit vers les Appennins. Là, ayant trouvé une cellule vide, il s'y établit avec Rosalie. Altaverde et Cinthio vinrent l'y rejoindre; mais craignant d'y être découvert, il alla dresser sa tente sur le sommet d'une montagne; ayant passé sa troupe en revue, il la trouva forte de quatre-vingts hommes, qu'il dispersa dans les bois environnants jusqu'auprès de Brandalino. Quant à lui, il se dirigea vers un château qu'il aperçut dans l'éloignement. Ce château était celui du baron de Roverzo ; Rinaldo y pénètre, et apprend de la bouche même d'Aurélia les mauvais traitements que son époux lui fait endurer. Rinaldini, ayant rassemblé sa troupe, fait une irruption dans le château, d'où, après avoir exercé sa vengeance contre le baron et deux de ses amis, il fait sortir Aurélia et la fait conduire au couvent de Sainte-Claire.

Cependant des troupes étaient à la poursuite de ce brigand, qui, à l'aide de ses déguisements, échappait toujours à leurs recherches. Sa bande était presque anéantie. Il prit alors le parti, après avoir laissé Rosalie dans l'ermitage de Donato, de quitter les états de l'église, et de se rendre à Naples, où il s'annonça sous le nom du comte de Mandochini.

Un jour qu'il se promenait sur le port, une chaloupe débarque. Rinaldo, faisant peu d'attention à ce qui se passe autour de lui, se trouve au milieu des arrivants, des matelots et des portefaix; il se sent légèrement frapper sur l'épaule ; il se retourne, et Rosalie, en habit d'homme, lui saute au cou. Rinaldo l'emmène dans sa demeure, et fait enlever deux coffres qu'elle avait apportés. Celle-ci lui raconte ce qui lui est arrivé depuis son départ.

Des soupçons fondés que Rinaldo était à Naples, la rencontre qu'il fit de Ludovico, l'un de ses gens, et plusieurs autres circonstances impérieuses, le déterminèrent à quitter cette ville, où il laissa Rosalie, à laquelle il prescrivit de le rejoindre, avec Ludovico, dans quelques jours, à Cosenza.

Il se vêtit alors en pèlerin, quitta Naples, prit le chemin de Salerne, poursuivit sa route jusqu'à Clarimonte, où une fièvre ardente le contraignit de s'arrêter quelques jours. Après avoir repris un peu de forces, il s'enfonça dans les montagnes de Mormando, où il rencontra Cinthio, à qui il raconta ses aventures, depuis l'instant où ils avaient été obligés de se séparer. Au bout de huit jours Ludovico et Rosalie, avec ses trésors, vinrent le rejoindre.

Le lendemain, Rinaldo descendit des montagnes et s'approcha du bourg de Fiscaldo ; on y célébrait la fête du patron de la contrée. Des moines avaient élevé un théâtre sur la principale place de ce bourg, et y vendaient des amulettes, des rosaires et d'autres saintes bagatelles. La recette fut abondante, et tomba le soir dans les mains de Rinaldo.

Ce brigand, qui a entendu prononcer son nom dans cette foule de monde, passe, avec Cinthio, au travers d'un aqueduc ruiné ; et quitte Fiscaldo. Arrivés sur la hauteur où est situé l'ermitage de San Sépolcro, ils entendent sonner la trompette et toutes les cloches de la vallée. Ils gagnent alors promptement San Lucito, dont les approches étaient très escarpées.

Ayant rassemblé ses gens, au nombre de cinquante-six, il prend le chemin de la Vally. On lui apprend en route que Cinthio, avec quinze hommes, est aux mains avec les milices, et qu'il se battait en désespéré. Sans perdre de temps, Rinaldo tombe avec tant de fureur sur les milices, qu'il force à la retraite. Mais bientôt une trentaine de dragons fondirent sur lui à l'improviste; il se défendit comme un lion, mais il fut obligé de se rendre. Lié et désarmé, on le conduisit dans un château voisin, d'où il ne tarda pas à s'échapper par les soins d'une femme, nommée Olimpia, qu'il avait connue à Naples, et qui lui remit une lettre pour le marquis de Romano, à Messine.

Arrivé dans cette ville, Rinaldo se présenta chez ce marquis, qui l'accueillit avec cordialité; mais une aventure désagréable le força bientôt de quitter cette maison. La comtesse de Mortagno, dont il avait obtenu des faveurs, lui dit: Dans les montagnes de Remata, je possède un château où il est impossible de te découvrir; il faut t'y retirer sans délai. Voilà une lettre pour le concierge. Je t'y donne le nom de baron de Tegnano, l'un de mes parents; un cheval est sellé à la porte du jardin, pars; je t'y donnerai de mes nouvelles. Dans sa route, il rencontra Ludovico, qui lui apprit que c'était lui qui avait tué le capitaine corse qui en voulait à sa vie.

Viensavec moi, luidit Rinaldo, et, au premier endroit, je te ferai donner ce qui t'est nécessaire. Aupremier village il lui acheta une mule, et ils poursuivirent leur chemin. Le sixième jour, ils arrivèrent au lieu de leur destination.

Le château était au milieu des montagnes ; des bois épais l'entouraient ; il était fermé par des murs fort élevés et un fossé très profond, que l'on passait sur un pont-levis.

Le concierge, sa femme, sa fille, une servante et un vieux invalide, étaient les seuls habitants de ce manoir.

Rinaldo employait son temps à parcourir les montagnes et les bois environnants, à lire quelques vieilles chroniques, et à écouter le récit que lui faisait de ses exploits le vieux invalide Giorgio, et les aventures arrivées dans les environs que lui racontait le concierge.

Quelques jours après, la comtesse de Mortagno vint rejoindre Rinaldo. Après les doux épanchements de l'amour, la comtesse lui déclara qu'elle portait en son sein un fruit de leur tendresse, et lui demanda en même temps s'il était véritablement le marquis della

Cintra, sous le nom duquel il s'était introduit chez elle. Sur sa réponse négative, elle réitéra ses questions, et parvint enfin à savoir qu'il n'était autre que Rinaldo. A ce nom elle tomba sans connaissance : on la porta dans son lit ; et, le lendemain, elle fit remettre à ce chef de brigands le billet suivant :

» Infortuné ! tu as empoisonné mes » jours pour jamais. Je ne puis ni ne » dois te revoir. Abandonne-moi à ma » cruelle destinée ; et tâche d'éviter » le sort qu'on te prépare. »

Rinaldo dit aussitôt à Ludovico de seller leurs montures, et ils quittèrent à l'instant le château.

Après quelques journées, ils rencontrèrent une voiture attaquée par des bandits. Rinaldo avec Ludovico fondent sur les assaillants, qu'ils mettent en fuite. S'approchant de la voiture, il reconnaît le baron de Dénongo avec sa fille ; celui-ci lui dit : Monsieur, je vous ai les plus grandes obligations ;

sans votre intrépidité, nous aurions été dépouillés, et peut-être cruellement maltraités. Je vous en conjure, veuillez m'accompagner jusqu'à mon château. Ils y arrivèrent après six heures de marche.

Le baron s'empressa de témoigner à Rinaldo sa reconnaissance, en l'engageant à rester quelque temps au château. Pendant le séjour qu'il y fit, une nouvelle troupe de brigands vint pour le piller; Rinaldo, en se nommant, parvint à les détourner de leur dessein.

Le lendemain de cette aventure, il partit accompagné de Néro et de Ludovico, avec lesquels il atteignit les montagnes de Cérano.

Vers le soir, ils s'arrêtèrent à la porte d'une auberge, où, au nom de Rinaldini, qui fut reconnu, des muletiers, des voyageurs et deux dragons de patrouille, qui se trouvaient là, accoururent. Rinaldo veut se mettre en défense; on le saisit par-derrière:

six hommes se jettent sur lui, et parviennent à le terrasser. On lui lie les pieds, et on lui attache les mains derrière le dos.

Luigino, qui était dans les environs avec sa bande, ayant été instruit de l'évènement fâcheux arrivé à Rinaldo, accourut aussitôt à l'auberge, le délivra des mains de ceux qui se promettaient une grande récompense en le livrant à la justice.

Rinaldo se rendit dans la tente de Luigino, où, quelques instants après, on vint annoncer à ce dernier que l'on avait rencontré une pèlerine dans les montagnes, et qu'on l'amenait.

C'est Rosalie! s'écria Rinaldo. Il s'élance hors de sa tente, et vole dans les bras de sa bien-aimée. Celle-ci lui raconte ses aventures depuis l'instant qu'il avait été forcé de la quitter. Après s'être donné les marques les moins équivoques de leur amour, Rinaldo s'entretenait avec Luigino, lorsqu'un des leurs vint les avertir qu'ils étaient attaqués par quatre cents hommes de troupes. On fit alors des dispositions pour combattre, ou pour s'échapper, en cas qu'il y eût impossibilité de se défendre.

Malgré le courage et l'intrépidité des chefs, les bandes furent dispersées. Rinaldo gagna une forêt où il fut bientôt assailli par de nouvelles troupes ; accablé par le nombre, il se voit contraint à reculer ; adossé contre un mur, il se défend comme un lion ; son sabre se rompt dans ses mains, et il est forcé de se rendre. On lui lie les mains, et on lui met les fers aux pieds. Comme il se plaignit de lassitude, on le fit monter sur une charrette que l'escorte entoura avec soin. Vers le soir, il arriva à Serdonna, et le juge du lieu ordonna de le faire partir le lendemain pour Messine.

Vers le matin, on le tira de sa prison pour le conduire au lieu de sa destination. Un officier de milice lui donna un billet, en le priant de le lui rendre lorsqu'il l'aurait lu ; il l'ouvre, et y lit des mots :

« Tu as soutenu l'épreuve, ne doute point des secours de ton amie. »

Il rendit le papier. On le fit monter dans une voiture entourée d'une forte escorte, et l'on se mit en route.

A la chute du jour, au milieu d'un étroit vallon, il partit, du bois qui le bordait, une décharge de mousqueterie sur l'escorte de Rinaldo. Le combat s'engagea vivement ; mais enfin l'escorte fut mise en déroute. Des hommes, dont il ne put distinguer les traits, brisèrent ses liens, le firent monter sur un cheval et partirent avec lui au grand galop.

Déposé dans un ermitage, il y rencontra Olimpia, qui l'instruisit que c'était à elle-même à qui il devait sa délivrance.

Le lendemain, il prend un fusil, quitte sa retraite et Olimpia qu'il avait surprise couchée avec un beau jeune homme.

Après avoir fait quatre ou cinq lieues, il aperçut le château de la comtesse de Mortaguo, où il s'arrêta quelques jours ; il y rencontra, à quelques lieues de ce château, derrière un buisson, son fidèle Ludovico, tellement maltraité, qu'il inspirait en même temps l'horreur et la pitié.

Des muletiers qui descendaient une montagne voisine, et qui allaient charger du sel à Saldona, placèrent sur une de leurs mules Ludovico, qui fut très content de se trouver sous une pareille escorte.

Arrivé à Saldona, Rinaldo se remit en route. Avant d'arriver à Merona, ils rencontrèrent deux hommes conduisant des mulets; Ludovico les reconnut pour appartenir à la bande de Luigino.

Ceux-ci lui rapportèrent que Luigino avait partagé son corps en deux ;

il en commande la moitié, et l'autre partie est sous les ordres d'Amalato. Ayant été coupés de l'une de ces bandes et ne pouvant joindre nos camarades, nous travaillons pour notre compte jusqu'à nouvel ordre. Avez-vous une retraite ? leur demanda Rinaldo. — Oui, dans des rochers escarpés, et pour ainsi dire inabordables. — Je vais avec vous ; et il prit avec eux le chemin des rochers, où il trouva la petite troupe rassemblée, qui, au bout de quelques jours, s'augmenta encore de quelques gens de Luigino.

Rinaldini, se voyant à la tête de vingt-cinq hommes, dirigea sa marche par la chaîne des montagnes qui se trouve derrière Saldona ; et établit son camp dans un vallon profond et désert, qui était dominé par des rochers très escarpés.

Il y était depuis quelques jours, lorsque plusieurs de ses gens, mis en vedette, vinrent l'avertir qu'on entendait des chevaux s'avancer.

Peu d'instants après, on vit arriver, à la lueur des flambeaux, quatorze cavaliers habillés de noir, qui escortaient un carrosse attelé de six mules.

Après avoir fait ses dispositions, Rinaldo alla à leur rencontre, et leur demanda ce que renfermait la voiture qu'ils conduisaient. — Nous n'avons rien à vous répondre, lui cria-t-on. — Aussitôt Rinaldo fit feu sur le conducteur du carrosse ; vingt-cinq coups de fusil de ses gens partent en même temps. Huit des cavaliers tombèrent de cheval. Les autres, ayant déchargé leurs pistolets sur Rinaldo et sa bande, s'éloignèrent au grand galop. S'étant approché de la voiture, il ne vit dedans qu'un cercueil. Ses bandits s'emparèrent des sept chevaux qui étaient restés sur le champ de bataille.

Bientôt le son des trompettes dans l'éloignement, et le tocsin qui sonnait l'alarme dans tous les villages, se firent entendre.

Fuyons, fuyons! dit Rinaldo. Emmenons la voiture, et gagnons les montagnes. Il se jette aussitôt sur un cheval, et, suivi de plusieurs des siens, il s'avance rapidement vers le défilé.

Parvenue, à la pointe du jour, dans un vallon, la petite troupe s'y arrêta.

Rinaldo fit tirer le cercueil de la voiture; il était extrêmement lourd. On enleva le couvercle, et l'on vit qu'il était rempli d'or et d'argent. Il fit le partage de cette riche prise, et ne retint pour lui qu'un cheval, et trois cents ducats.

« Comme vraisemblablement on va nous poursuivre, dit-il à ses gens, il faut nous séparer. » Il les divisa alors en petites troupes, et leur indiqua les chemins qu'ils devaient suivre pour trouver l'endroit où s'était retiré Luigino, et promit de les y rejoindre. Ensuite montant à cheval avec Ludovico et Jordano, ils prirent tous trois la route de Nisetto.

Après quelques heures de marche, ils rencontrèrent une voiture, dans laquelle était Olimpia à côté d'un inconnu. Bientôt un nuage de poussière leur annonça un détachement de dragons. L'officier qui les commandait demanda à Rinaldo comment il se nommait.

RINALDO. Je suis un voyageur d'une des premières familles de Naples; je m'appelle le baron de Tegnano : ces deux hommes que vous voyez sont mes valets.

L'OFFICIER. Vous avez sans doute un passe-port?

RINALDO. Oui, certainement! et qui plus est des lettres de recommandation du gouverneur de Nisetto, dont j'ai l'honneur d'être le neveu.

L'OFFICIER. Vous avez bien fait de vous mettre en règle; car vous seriez arrêté partout où il y a des militaires, et vous en rencontrerez sur votre route.

RINALDO. Que craint-on? Redoute-t-on la descente de quelques corsaires barbaresques?

L'OFFICIER. Non; ils sont trop éloignés de nos côtes. Mais les environs sont infestés de brigands. On dit même que le fameux Rinaldo est à leur tête.

RINALDO. On me l'avait bien assuré, mais je ne pouvais pas le croire.

L'OFFICIER. Rien n'est cependant plus vrai. Il existe aussi une autre troupe de scélérats; on ignore encore si elle appartient à ce fameux chef; ces bandits portent des habits noirs faits comme ceux des moines, et répandent l'alarme et la terreur dans ces cantons. Vous avez raison d'être bien armé, ainsi que vos valets; si vous le désirez, je vous fournirai une escorte.

RINALDO. Je vous en remercie, car je présume n'en avoir aucun besoin.

L'OFFICIER. Vous n'avez pas d'idée de ces scélérats : un fort détachement de troupes, soit à pied, soit à cheval, n'est pas toujours en sûreté devant eux ; ils se battent en désespérés. Acceptez la moitié de mon monde.

RINALDO. Non, je vous rends mille grâces.

L'OFFICIER. Vous allez à Monalo ?

RINALDO. Oui, et j'y vais pour affaire urgente.

L'OFFICIER. Vous en êtes peu éloigné ; nous venons de nettoyer cette route, sans cela je ne vous laisserais pas aller seul.

RINALDO. Vous avez bien des bontés.

L'OFFICIER. Je vous souhaite un bon voyage.

RINALDO. Je vous salue cordialement.

Et ils se séparèrent. Rinaldo, avec ses deux bandits, doubla le pas, non pour se rendre à Molano, mais pour chercher une retraite dans les montagnes. Vers midi, ils entrèrent dans un village qui se trouvait sur leur route. A quelques pas plus loin se présenta un couvent de Camaldules, où l'on recevait les voyageurs. Ils y entrèrent pour dîner.

Pendant que l'on préparait le repas, Rinaldo sortit pour admirer la campagne. En s'approchant d'un buisson, il est assailli par des gens qui étaient cachés derrière. On s'élance sur lui, on le terrasse, on le lie, et on l'emporte. Quand on eut fait une centaine de pas, on s'arrêta; et, à un signal donné, une trappe couverte de gazon se lève. Rinaldo et ceux qui l'avaient arrêté descendirent quelques marches d'un escalier très sombre, et la trappe se referma sur eux. Ils montèrent un autre escalier aussi fermé d'une trappe, et parvinrent enfin dans une cour assez vaste. Là, après avoir désarmé notre chef de brigands, ils le délièrent. Rinaldo ayant demandé où il était, on lui répondit qu'il le saurait avec le temps.

Un concierge se présenta devant lui avec trois clefs.

LE CONCIERGE, *en les lui offrant.* Voilà les clefs de trois chambres qui vous sont destinées dans ce château...

RINALDO. Des chambres !

LE CONCIERGE. Oui.

RINALDO. Je ne suis donc pas en prison ?

LE CONCIERGE. Non, sans doute; une telle demeure n'est pas faite pour monsieur le baron.

RINALDO. Tu sais donc qui je suis ?

LE CONCIERGE. Tout ce que je sais, c'est que j'ai reçu les ordres de vous servir, et que vous êtes un baron dont on ne m'a pas dit le nom.

RINALDO. Mais enfin, quel est le château dans lequel je me trouve actuellement ?

LE CONCIERGE. Je l'ignore.

RINALDO. Au pouvoir de qui suis-je ici ?

LE CONCIERGE. Je le sais encore moins.

RINALDO. Quelles sont les instructions que l'on t'a données sur ce qui me concerne ?

LE CONCIERGE. Écoutez, voici ce qu'on m'a dit : Tu prépareras à monsieur le baron les trois chambres que l'on t'a désignées ; tu le serviras, tu lui tiendras compagnie, si c'est son bon plaisir ; s'il ne le veut pas, tu te retireras chez toi : ta femme fera la cuisine pour monsieur le baron, vous aurez soin surtout qu'il ne lui manque rien. Quant au reste, vous attendrez de nouveaux ordres.

RINALDO. Comment ! je ne puis savoir le nom du propriétaire de ce château ?

LE CONCIERGE. Par moi cela est impossible.

RINALDO. Il semblerait que je suis enfermé ici comme prisonnier d'état.

LE CONCIERGE. Cela peut être : je ne

sais ni pourquoi ni comment vous y êtes venu.

Trois jours s'écoulèrent sans qu'il vît personne autre que le concierge. Le soir du quatrième, étant sur son lit, on ouvrit la porte de sa chambre. C'était une femme entièrement voilée, qu'il reconnut bientôt pour être Olimpia.

A la suite d'une courte conversation, elle lui annonça que sa Rosalie était morte.

Il cacha son visage dans ses mains, et versa un torrent de larmes, Olimpia sortit.

Vers le milieu de la nuit, il fut réveillé par un léger bruit qui se fit entendre dans sa chambre ; il ouvre les yeux, et voit avec étonnement sept bougies allumées sur une table. Autour étaient assis Cinthio, Néro, Ludovico, Jordano, Luigino, Olimpia et Eugénia. Des bouteilles et des verres étaient aussi sur la table.

Il apprit qu'il devait la vie ainsi que celle de ses camarades au magicien Fonteja, qu'accompagnait Olimpia.

Le lendemain, Astolfe, frère d'Olimpia, et lui, montèrent à cheval et se mirent en route.

Arrivés à Sutera, où ils restèrent quelques jours, ils prirent le chemin de Syracuse, et, laissant la ville sur la gauche, ils suivirent le chemin qui conduisait aux plaines de Marsalla, et s'arrêtèrent dans une maison de campagne; Astolfe dit alors à Rinaldo : Tu es ici en sûreté, tu peux y vivre tranquille. Adieu, j'espere te revoir bientôt, et il partit.

Rinaldo resté seul dans la maison, y trouva tout ce qui pouvait lui être nécessaire. Un jardinier avec sa fille lui tenaient compagnie et le servaient.

La fille du jardinier, Séréna, restait presque tout le jour auprès de Rinaldino; elle le suivait dans ses promenades, lui contait des histoires de chevalerie, de revenants et de sorciers, et lui chantait les anciennes romances des troubadours. Quelquefois il l'accompagnait avec sa guitare.

Trois semaines s'étaient écoulées depuis qu'il était dans cette maison de campagne, lorsqu'un messager vint lui apporter une lettre. Elle était de Cinthio. Celui-ci lui faisait amicalement des reproches de ce qu'il n'avait pas encore été voir ses amis, qui étaient dans les montagnes voisines. Rinaldo fit réponse qu'il s'y rendrait incessamment. Le messager parti, il alla se promener sur le bord de la mer; il y vit quelques pêcheurs qui préparaient leur barque pour passer à l'île de Pantaliéra. Ayant pris tout-à-coup la résolution de visiter cette île, il leur demanda : Quand partez-vous?—Demain matin, deux heures après le lever du soleil. —Je partirai avec vous.

Le lendemain, il prend son linge, ses bijoux, rassemble tout ce qu'il a d'argent, se revêt de ses armes, et quitte sa demeure, ne regrettant que sa chère Séréna. Arrivé au port, il monte dans la barque, et le voilà en pleine mer. Vers le soir, on aperçut des lumières dans le château de l'île. Le lendemain à la pointe du jour, on s'approcha de la ville. Rinaldo descendit pour reconnaître le pays. Après avoir traversé un petit bois d'oliviers, il aperçut à quelque distance une petite maison de campagne très agréable; il y tourna ses pas. A la porte était une paysanne qui chantait en travaillant. Après avoir lié conversation avec cette femme, et s'être insinué peu à peu dans sa confiance, il lui dit : J'aurais presque envie de passer ici deux ou trois mois : où pourrais-je établir ma demeure; pourrais-je rester chez vous? — Pourquoi non? J'ai deux petites chambres qui ne me servent pas, vous pouvez les occuper; mais je vous préviens qu'il faut bien vous conduire. —

Ne craignez rien, Marthe, c'était le nom de la femme, vous n'aurez jamais à vous plaindre de moi. Je vivrai seul et tranquille. Si je puis vous aider dans quelques uns de vos travaux, je le ferai avec plaisir.

Marthe fit voir à Rinaldo les deux petites chambres, qui lui plurent beaucoup. Le marché fut bientôt conclu, et il paya trois mois de loyer d'avance.

Rinaldo travailla au jardin, aux vignes; rentré dans la maison, il s'occupait des soins du ménage. Marthe était enchantée de son locataire.

Il se proposait de terminer ses jours dans cette île, mais le sort en avait ordonné autrement. Des bruits sourds qui circulaient dans le peuple, au sujet de Rinaldo, que l'on disait réfugié à Pantaliéra, le déterminèrent à quitter cet endroit; il loue une barque de pêcheur, et, dans la nuit, à l'aide de deux excellents rameurs, il s'éloigne rapidement de l'île.

Après cinq heures de navigation, il débarque sur une côte solitaire ; il marche quelque temps, le cœur gonflé de tristesse. Tout-à-coup il aperçoit de loin un grand nombre de soldats siciliens. Effrayé, il quitte le sentier qu'il suivait, et, appuyant sur la droite, il gagne un petit taillis qui se trouvait sur un monticule ; en se retournant, il découvre dans le vallon un détachement de dragons qui s'avance vers lui. Une maison de campagne, à une distance peu éloignée, se montre à sa vue. Il y dirige ses pas. La porte du jardin était ouverte. Il entre. Un inconnu sort d'un pavillon, et vient au-devant de lui. C'était le prince de Roccella. Ils s'entretenaient ensemble lorsque le jardinier entrant hors d'haleine, annonça que le jardin et la maison étaient entourés de soldats siciliens.

Je suis découvert, dit Rinaldo au prince, et je ne puis échapper au supplice si je suis arrêté. Il ne me reste plus qu'à vendre chèrement ma vie.

Un officier du détachement s'approche, et lui fait observer que la résistance est inutile. — Peu importe, dit Rinaldo, ma résolution est prise ; et je ne veux point monter sur l'échafaud. — Peut-être, en révélant le nom de vos complices, vous pourriez..... — Non, Monsieur ; Rinaldo est incapable d'une telle lâcheté, et puisqu'il faut périr, je périrai les armes à la main.

L'officier s'éloigne de quelques pas, et donne ses ordres. Rinaldo, un pistolet à chaque main, et son sabre entre les dents, attend de pied ferme qu'on vienne à lui. Six soldats s'approchent pour le saisir, car on voulait le prendre vivant; Rinaldo fait feu de ses deux pistolets, et reprenant son sabre, il commence à se battre en désespéré. L'officier, voyant qu'on ne pourrait guère le capturer, ordonne de tirer.

Plusieurs coups de fusil partent au même instant, et Rinaldo, frappé à mort, tombe noyé dans son sang.

CARTOUCHE.

Louis-Dominique CARTOUCHE naquit à Paris, dans le quartier de la Courtille, en 1693, d'un tonnelier peu favorisé de la fortune, et chargé d'une nombreuse famille.

Son père lui croyant des dispositions à devenir un jour un grand homme, le plaça au collége des jésuites ; ce fut chez ces pères qu'il fit ses premières armes, ou plutôt ses premiers larcins, qui se bornèrent à l'escamotage de quelques fruits, et à dégarnir les boutiques des fruitières qui étalaient à la porte du collége de Clermont, avec une dextérité admirable. Bientôt il parvint, sans être soupçonné, à débarrasser ses camarades d'une foule de petits objets d'une médiocre valeur.

Encouragé par ses premiers succès, il résolut, pour se procurer un costume moins mesquin que celui qu'il portait, et avec lequel il pût figurer à l'égal des autres étudiants, de tenter un vol plus hardi et plus considérable.

Un de ses camarades de classe avait reçu cent écus de ses parents. Il les vit déposer dans une cassette, et s'occupa de suite des moyens de s'approprier la somme qu'elle renfermait.

Le stratagème qu'il mit en œuvre n'était pas sans danger; mais le succès couronna ses efforts; et, possesseur des cent écus, il franchit le seuil de la porte du collége, auquel il fit un adieu éternel. Il se présenta chez son père: comme il avait toujours une historiette à sa disposition, il endormit le bon homme avec des contes.

Fier de son trésor, il alla le lendemain prendre ses ébats à la foire Saint-Germain. Mais l'orage grondait sur sa tête. On s'était aperçu du vol, et les soupçons ne pouvant tomber que sur lui, on en avait prévenu le père de Dominique, qui jura qu'il lui infligerait une punition telle qu'il ne lui prendrait jamais fantaisie de se distinguer par de semblables exploits. Mais un de ses frères étant venu le prévenir de l'accueil qui l'attendait à la maison paternelle, le jeune Cartouche prit le parti de quitter sur-le-champ Paris pour commencer ses caravanes. La frayeur qu'il éprouvait était telle qu'il croyait ne pouvoir trop s'éloigner de la capitale. Il marcha jusqu'à minuit sans savoir où il allait. Alors sa frayeur changea d'objet : seul, dans les ténèbres. sur un grand chemin, éloigné des habitations et possesseur d'une somme de cent écus, il réfléchit qu'il pouvait être attaqué, n'être pas le plus fort, et voir son trésor changer de maître. Il se détermina néanmoins à coucher à la belle étoile, et se tapit au pied d'un buisson.

Au bout d'un quart d'heure, il entend un bruit lointain qui l'effraie. Ce bruit augmente; il distingue, à la faible clarté de la lune, une foule de fantômes bizarrement vêtus, et parlant un langage barbare qui lui était inconnu. La troupe s'avance et vient camper précisément tout près du buisson qui servait d'abri à Dominique. Un grand feu est allumé, une vingtaine de fantômes, mâles et femelles, s'agitent autour du brasier. Les uns apprêtent un banquet, et font rôtir quelques volailles; d'autres dansent aux chansons, tout est en mouvement. On devine aisément que ces honorables personnages étaient des Bohémiens.

Cartouche ne doute pas qu'il assiste, sans le vouloir, à ce qu'il a entendu nommer le *sabbat;* il frémit à cette idée, ses sens se glacent, et le remords s'élève pour la première fois dans son cœur. Il fait vœu, s'il échappe au danger qui le menace, d'abandonner la carrière du vice pour rentrer dans le sentier de la vertu. Vœux inutiles! quelques Bohémiens l'aperçoivent, ils s'avancent et lui adressent la parole; il n'entend pas leur langage, il reste muet, mais il donne les signes d'effroi les moins équivoques. On finit par le détromper, on lui parle français, on l'invite à souper, et sa crainte se dissipe. Il fait avec les Bohémiens un bon repas dont il avait le plus grand besoin, après quoi il s'endort paisiblement au milieu d'eux.

Pendant son sommeil, on prit soin de le débarrasser de ses cent écus. A son réveil il jeta les hauts cris; on lui imposa silence, en offrant de lui prouver qu'il n'était pas le plus fort, et que lui-même avait volé cet argent: qu'au reste il le retrouverait au-delà, s'il voulait prendre parti dans l'honorable corps des Bohémiens, qui menaient une vie libre, indépendante et pleine de charmes. Cartouche accepta la proposition.

Il resta trois ans dans cette bande. Ce fut à cette école qu'il acquit les connaissances funestes qu'il développa dans la suite. La justice ayant dissipé cette horde dévastatrice, il resta seul; craignant d'éprouver le sort de ceux qu'on avait saisis, il résolut de s'engager sur un vaisseau. Un de ses oncles, qu'une affaire avait attiré à Rouen, le reconnut sur le port, l'emmena avec lui à Paris, et le cacha dans sa maison, jusqu'à ce que son père fût disposé à lui pardonner. Une maladie qui faillit conduire Dominique au tombeau, désarma le père. Le jeune Cartouche fut réintégré dans le domicile paternel, et se montra pendant quelque temps digne du pardon qu'on lui avait accordé.

Mais le goût de la débauche et du

libertinage vint le replonger de nouveau dans l'abîme. Il devint amoureux d'une jeune lingère, extrêmement coquette, et qui ne manquait pas de soupirants. Effrayé de ce grand nombre de rivaux, Cartouche sentit qu'il fallait, pour les écarter, prodiguer l'or. Il n'en avait point, il eut alors recours à son premier métier, qui le mit bientôt à même de combler sa maîtresse de présents, et de paraître lui-même sous le costume le plus riche et le plus galant.

Le père étant parvenu à découvrir la cachette où son fils déposait ses vols, y trouva un assortiment de montres, de tabatières d'or, et de divers autres effets. Il garda le silence sur cette découverte, et prit le parti de mettre son fils à Saint-Lazare : il l'y conduisit en fiacre, sous prétexte de faire marché pour 500 tonneaux qu'on lui demandait. Mais Dominique, ayant observé que la voiture était entourée par des archers déguisés, songea aux moyens de se soustraire au sort qu'on lui préparait. Arrivé à la porte de Saint-Lazare, le père descendit seul, et lui dit d'attendre un instant. Loin d'attendre le retour du tonnelier, Dominique ôte son chapeau, sa perruque, son justaucorps. Il reste en veste blanche, et ceint sa tête d'un mouchoir blanc, arrangé en forme de bonnet : il descend de voiture, et passe hardiment au milieu des archers, qui le prennent pour un garçon pâtissier : il disparaît au premier détour de rue ; et, persuadé que ce n'est pas chez son père qu'on viendra le chercher dans le premier instant, il s'y rend de suite, enlève son trésor, et dit encore une fois adieu à la maison paternelle.

Comme Cartouche n'avait d'autre but que d'exercer son industrie dans la capitale, et qu'il redoutait les poursuites de son père, il changea de nom, se peignit le visage, et prit un costume étranger. Sous ce déguisement, il continua le métier de filou, qui pourvut abondamment à l'entretien de son libertinage. S'étant associé avec plusieurs autres voleurs, pendant six mois, le succès couronna les entreprises de la bande; mais trois d'entre eux ayant été pris en flagrant délit, Cartouche seul se sauva, et crut devoir négliger pendant quelque temps ses occupations ordinaires; il joue, et sait forcer le hasard à lui être favorable. En conséquence, il s'introduit dans les académies de jeu, et exploite cette nouvelle mine avec un bonheur incroyable. Il roule sur l'or, il affiche le luxe; ses deux laquais portent des livrées superbes. Malheureusement l'un d'eux s'avise de suivre les principes de son maître; il lui vole une somme considérable. Cartouche le fait arrêter. Ce fripon, conduit au Châtelet, a le front de déclarer que s'il y a un voleur dans la maison de Cartouche, ce voleur est

Cartouche lui-même. Des indices et des soupçons qui ne tardèrent pas à se justifier le firent honteusement chasser de toutes les maisons de jeu. Après avoir fait argent de tout, il se fit raccoleur en sous-ordre, et ensuite espion de la police.

Par la subtilité d'un recruteur, ayant été forcé de s'engager, il arrive au régiment. On entre en campagne. Cartouche est brave, et se distingue en différentes occasions par des traits de courage et de dévouement. Il commande après avoir obéi. Malheureusement la guerre finit. Cartouche obtient son congé. Il revient à Paris avec les mêmes dispositions pour le vol; il y rentra avec plusieurs soldats qui avaient eu comme lui leur congé après la paix. Ce fut sans peine qu'il leur persuada de s'associer avec lui pour exercer en commun leurs brigandages. Le nombre des associés devint en peu de temps considérable. Cartouche dit alors à ses compagnons qu'il fallait élire un chef, et faire un code de discipline. On convoqua, à cet effet, une assemblée générale, dans un lieu voisin de Paris. Ce fut le premier chapitre général de cet ordre naissant. On se rendit au nombre de deux cents hommes au moins dans une plaine qui avoisinait le boulevart. Là, Cartouche harangua sa troupe avec une éloquence qui lui mérita, par acclamation, le titre de chef suprême. Ayant accepté, il remit à un autre jour la lecture du code. Dans une seconde assemblée, Cartouche lut ce code de lois, qu'il avait rédigé par écrit. Une des premières lois donnait au chef un pouvoir despotique sur tous les membres de l'association, avec le droit de vie et de mort sur chacun d'eux, toutes les fois qu'il le jugerait à propos; une autre loi consistait à exiger que tous les membres se liassent entre eux par les serments les plus forts. Les autres règles de discipline avaient pour objet la conduite de la troupe en général, et celle des individus, suivant les circonstances dans lesquelles ils se trouveraient.

Cette association bien cimentée, Cartouche mit sa troupe en activité, et bientôt on n'entendit parler dans Paris que de vols et d'assassinats. Jusque là ce chef de bande avait respecté la vie des hommes; alors il rougit ses mains du sang de ses semblables, et devint un objet d'exécration et d'horreur.

Le système de Law, qui culbuta toutes les fortunes, affermit et augmenta celle de Cartouche et de ses associés. Un seul porte-feuille qu'ils prenaient les mettait à leur aise, et ils en prenaient beaucoup. Ils guettaient l'homme qui sortait de la rue Quincampoix, lui assenaient sur la tête un coup de bâton armé d'une boule de fer, et le dépouillaient. D'autres avaient fait des masques de poix, et en couvraient le visage et la bouche de celui qu'ils voulaient dévaliser. Les grandes routes n'étaient pas plus sûres que la capitale : on arrêtait les voitures publiques, on enfonçait les portes des châteaux. Le 28 avril 1721, les brigands masqués attaquèren la diligence auprès de Châlons, tuèrent le postillon, et s'emparèrent de 180,000 livres.

La police employa vainement les mesures les plus sévères contre ces scélérats. On parvint cependant à arrêter quelques coquins de la bande ; plusieurs périrent par la roue, après avoir été appliqués à la torture, sans que les douleurs leur arrachassent le nom de leur chef.

Il s'en trouva dans la suite de plus faibles, qui, à la question, prononcèrent le nom de Cartouche. Alors on donna des ordres particuliers contre lui, on promit de grandes récompenses à qui le livrerait, et l'on fit passer son portrait à toutes les maréchaussées du royaume.

Dans l'instant même où l'on mettait sa tête à prix, Cartouche, possesseur de 4,000 louis, eut la fantaisie de les doubler, et il y réussit par la contrefaçon d'une lettre de change sur un banquier de Lyon.

Sans cesse on tendait des embûches à Cartouche, et sans cesse il les évitait; mais sentant enfin qu'il ne pourrait pas toujours se soustraire à des poursuites renouvelées chaque jour, il prit le parti de se retirer à Orléans, d'où il ne tarda pas à se rendre à Bar-sur-Seine, où, à l'exemple du faux *Martin Guerre* et du *faux Caille*, il figura le *faux Bourguignon*.

Le fils d'une vieille bourgeoise de cette ville était passé depuis long-temps en Amérique. On n'en avait reçu aucune nouvelle, on le croyait mort. Cartouche, qui, avant d'entrer à Bar, avait pris des renseignements, résolut de se faire passer pour le fils de cette veuve. Il se présenta en conséquence chez elle en cette qualité, la pressa tendrement dans ses bras, lui donna toutes les marques d'attachement et de respect qui doivent distinguer un bon fils, et finit par lui persuader qu'il était en effet cet enfant chéri dont elle avait depuis si long-temps déploré la perte. La veuve, au comble de la joie, le crut sur sa parole. Le véritable fils de la veuve n'aurait pas donné des détails plus précis, plus exacts, sur tout ce qui concernait la famille. Une histoire bien touchante de ses voyages, de ses aventures, de ses malheurs, termina cette première séance, à la suite de laquelle le *faux Charles Bourguignon* fut installé comme le fils légitime et l'héritier naturel de la maîtresse de la maison.

Cependant Cartouche, au bout de six mois, s'ennuya de cette vie oisive. Un beau jour, sans dire adieu à personne, il quitta Bar-sur-Seine, et prit le chemin de Paris.

Son retour dans la capitale fut pour ses confédérés un jour de fête. Il se fit rendre compte de tout ce qui s'était passé depuis son départ, et récompensa ou punit, suivant que chacun l'avait mérité.

Ayant appris qu'on était plus que jamais acharné à sa perte, et que l'appât des récompenses annoncées et l'espoir de l'impunité avait fait impression sur plusieurs des confédérés, dès-lors il ne se crut plus en sûreté; il ne coucha plus deux nuits de suite dans le même lit. Une terreur involontaire l'agitait pendant la nuit; il se croyait toujours sur le point d'être trahi par ses complices, et, pour leur en ôter l'envie, il résolut de faire un exemple qui forçât les autres à être fidèles à leurs serments. Il choisit pour victime un jeune soldat aux gardes françaises, que sa maîtresse avait à peu près réussi à lui faire abandonner son parti; Cartouche le fit égorger dans une assemblée générale tenue le 12 octobre 1721, et poussa la férocité jusqu'à lui arracher les marques distinctives du sexe, en disant que le premier qu'il soupçonnerait éprouverait le même sort. Heureusement, peu de temps après, la capitale s'en vit délivrée, et Cartouche se perdit par les moyens mêmes qu'il avait employés pour éloigner sa perte. Un gentilhomme poitevin, nommé Duchâtelet, également soldat aux gardes, et qui avait été l'un des ministres de sa vengeance, auquel on avait promis sa grâce, le livra et le fit arrêter dans un cabaret de la Courtille nommé le *Pistolet*. Il fut conduit et déposé dans le cachot à trappe du grand Châtelet. Il avait une main liée par-devant et l'autre attachée sur le dos. Six archers le gardaient à vue, et ils se relevaient de deux heures en deux heures.

Qui croirait que, dans cet état, Cartouche pût non seulement s'occuper des moyens de se sauver, mais encore exécuter ce projet? c'est cependant ce qui arriva. Ce scélérat avait trouvé moyen, en approchant des murailles de sa prison, d'en sonder l'épaisseur avec les fers qu'il portait. Au bruit creux qu'il entendit, il jugea qu'elle devait être voisine de quelque cave, et que s'il pouvait entrer dans cette cave il était sauvé. Il parvint à la longue à faire un trou assez grand pour qu'un homme y passât. Un compagnon de sa captivité, maçon de son métier, l'aida dans son travail et l'accompagna dans sa fuite. Ils descendirent dans un endroit où ils jugèrent que plusieurs tuyaux de fosses d'aisance pouvaient aboutir. Ils conclurent de là que la Seine n'était pas éloignée. Cette pensée fit naître à Cartouche le dessein de chercher l'endroit par où cette rivière entrait, et de sortir par cet endroit. S'il eût suivi cette idée, il était sauvé, mais le maçon lui dit qu'ils pourraient monter par un tuyau qu'il lui montra; que par là ils s'introduiraient dans une cave d'où ils pourraient sortir sans beaucoup de difficulté. Cartouche le crut. Ils se trouvèrent en effet dans une cave dont ils brisèrent sans peine la serrure, et pénétrèrent dans la boutique d'un layetier. Ouvrir la porte de cette boutique, pour se trouver dans la rue, était la chose du monde la plus aisée. Cartouche et son compagnon se crurent au comble de leurs vœux. Malheureusement pour eux, un chien aboie fortement après les fugitifs, et cet incident les trouble et les empêche d'agir. Ses aboiements réveillent la fille du layetier. Celle-ci éveille à son tour son père et sa mère, en criant de toutes ses forces : *Au guet! au guet!* Le père descend, tenant d'une main une vieille pertuisane, et de l'autre une chandelle allumée. L'une et l'autre lui échappent à l'aspect du terrible Cartouche. Cependant sa fille ne cesse de crier *Au guet!* Le guet enfin arrive : on enfonce la porte, et les fugitifs, surpris, sont de nouveau chargés de fers.

Cartouche fut conduit dans les prisons de la Conciergerie, et enfermé dans le cachot de la tour de Montgommeri. Là il fut ceint d'une grosse chaîne de fer qui tombait du plancher d'une chambre haute, et ne lui permettait pas de s'éloigner.

On précipita l'instruction de son procès. On lui fit subir trois interrogatoires de suite, et, quoiqu'il n'avouât rien, les preuves étant suffisantes, les juges le condamnèrent à être rompu vif, le 26 novembre 1726; et, le 27, il fut exécuté en place de Grève, après avoir subi la question.

FIN.

www.ingramcontent.com/pod-product-compliance
Lightning Source LLC
LaVergne TN
LVHW020030170826
845678LV00001B/198

* 9 7 8 2 3 2 9 7 3 3 5 1 7 *